LE CAUCHEMAR

OU

MA DÉLIVRANCE

SONGE HISTORIQUE

PROVOQUÉ PAR ROSE CHIFFLARD

SAGE-FEMME

ET APPUYÉ D'UN FAC-SIMILE

A TITRE DE PIÈCE JUSTIFICATIVE.

FAC-SIMILE

ROSE CHIFFLARD
garde les femmes en couches
QUAI DU MARCHÉ-NEUF, A PARIS.

1864

A MON ÉDITEUR

E..... DE LA MARCHE

———

Permets ce mot de dédicace
Que la joie arrache à l'auteur.
Heureux, il vient te rendre grâce
De te faire ainsi l'éditeur
De son cauchemar de malheur.
— Je veux à la façon d'Horace
Immortaliser ton audace.
Au front même du monument,
Que j'élève dans ce moment,
J'inscris ton nom — comme préface,
Pour y vivre éternellement.
— Pénétré de reconnaissance,
Au Ciel pour toi j'adresse un vœu.
Car toute vertu, je le pense,
Doit recevoir sa récompense?
Je souhaite que le bon Dieu
Te garde d'un tel cauchemar
Et des soins de Rose Chifflard.

FRÉDÉRIC JUDEX.

A

MME LA MARQUISE DE ***

Château de Bussy, le 8 septembre.

N'allez pas crier au mensonge....
Très-véridique historien,
Quand je viens vous redire un songe,
Marquise, je n'invente rien.

Donc, cette nuit j'ai fait un rêve
Baroque, étrange, original.
A le raconter bien ou mal
J'hésitais.... Faut-il que j'achève? —
Mais quoi! le papier souffre tout,
Et vous me paraissez en goût
De m'écouter quoi qu'il advienne.

L'auteur à parler se résout,
Prêtez l'oreille à son antienne :

Touriste débarquant ici,
Hier au retour de Lucienne,
Ce fut, et c'est toujours ainsi,
Un grand branle-bas dans Bussy,
Quand le Ciel permet que j'y vienne.
— Votre chambre devient la mienne ;
Chambre où naguère à votre époux
Vous donniez un autre vous-même,
Un fils ravissant comme vous
Et que l'on adore de même.
Une garde à l'œi vigilant
Veillait sur la mère et l'enfant.
Cette chambre à l'heureux touriste
Rappelait un passé charmant.

Faut-il céder au sentiment
Et laisser le cœur de l'artiste
Se fondre en doux épanchement ?
Ça n'en finirait pas, vraiment.
A ses souvenirs il résiste
Pour arriver au dénoûment.

— Toutefois, il ne saurait taire
Que dans un pareil sanctuaire
(En vérité, je vous le dis),
Il se croyait en paradis.

Dévotement il s'y découvre
Dispos, joyeux, libre et content.
Il se trouvait là mieux qu'au Louvre.

Garçon plein d'ordre, en arrivant,
Comme un voyageur qui s'installe
Le voilà qui défait sa malle,
— Un magistrat ne va pas nu, —
Pour en ranger le contenu.
Mais dans chaque tiroir qu'il ouvre
Çà, devinez ce qu'il découvre !...
Des adresses... qui, par ma foi,
A n'en consulter « que le texte, »
Ne semblaient pas faites pour moi.
Lisez, en voici le contexte,
Contexte exact : « Rose *Chifflard* »
(La Muse à ce nom s'effarouche !)
« A l'honneur de vous faire part
« Qu'elle garde le sexe en couche,
« Et l'accouche au plus juste prix,
« Quai du Marché-Neuf à Paris :
« Dans ses procédés rien de louche.
« Avis à Messieurs les maris. »

— Oui, devant un pareil avis
Cent autres auraient pris la mouche.
Pour moi, qui suis garçon, j'en ris,
Pas n'ai le droit de faire souche.

— Quoi qu'il en soit, de toutes parts

Dans chaque tiroir de ma chambre
Et jusque dans votre antichambre,
Je vois mille et mille *chifflards*.
C'est là-dessus que je me couche,
Le nom de *Chifflard* à la bouche.

Ici, combien il faudrait d'art
Et d'habileté dans ma touche
Pour raconter quel cauchemar
M'a tenu cloué sur ma couche
Durant cette effroyable nuit,
Nuit de douleur et nuit de crise!
Tout en parlant avec franchise
Gazons, la pudeur m'y réduit.
Sachez donc, divine marquise,
Qu'ayant péniblement rêvé,
Tout à coup je me suis trouvé
Hors de mon lit, et dans la mise
D'une beauté dans le sommeil,
Pieds nus... dans ma chambre... en chemise.

— Quel modeste et simple appareil!
A chacun de nous au réveil
Semblable tenue est permise.
Je criais ainsi qu'un damné
Ou comme un pauvre condamné
Que l'on conduit à la potence,
Malgré beaucoup de résistance.

— Après l'emploi des *grands moyens*
(Rose Chifflard, ce sont les tiens!)
Après une longue séance
Et mainte, et mainte doléance,
Je... je... je... pourquoi tant chercher...?
Eh bien ! je venais d'accoucher
D'un poupon de belle apparence...
O ! la plaisante *délivrance !*

— Mais du sexe de ce poupon
Je n'ai pas gardé souvenance :
Était-ce fille ou bien garçon ?
Je n'y regardai pas, je pense.
En dépit de tant de souffrance,
Tout entier à mon nourrisson,
Quelle admirable prévoyance
Je montrais dans la circonstance !

De ce rejeton de hasard
J'annonçais bien haut la naissance.
D'un bout à l'autre de la France
On envoyait des faire-part
Dans lesquels, suivant la formule,
La *mère* et l'*enfant* (style ancien
Aujourd'hui trouvé ridicule),
Grâce à Chifflard, *se portaient bien.*
Du papa l'on ne disait rien,
J'en éprouvais quelque scrupule.
Quel était ce père ? et comment
Suis-je ainsi devenu maman,

Me répétais-je à tout moment?
Couvert d'une rougeur subite
Je me disais, l'âme interdite :
« Sans le savoir en vérité,
« On perd donc sa virginité !
« Comprend-on rien à ce mystère ?
« — Que d'un fruit conçu sans péché,
« Ainsi je me trouve accouché,
« Comment cela se peut-il faire ?
« La nature me le défend
« Non moins que la saine morale.
« Chacun va crier au scandale...
« Et comment suis-je en mal d'enfant ?
« Sans doute en butte à la poursuite
« D'un don Juan au crime formé,
« Le monstre m'a chloroformé...
« Non, je n'ai pas été SÉDUITE.
« Gardons notre sérénité ;
« On reconnaîtra dans la suite
« Quelle était ma moralité.
« La femme de bonne conduite
« Péchant contre sa volonté
« A la honte n'est pas réduite. »

— Ciel ! avec quelle majesté
J'étalais ma maternité !
Victorieux dans dix batailles,
Turenne avait moins de fierté.
Devant le fruit de mes entrailles
Que mon sein était agité !
Cependant dans ce nouveau rôle,

Sans mentir je me trouvais drôle...
Quand aux cris aigus de l'enfant;
Je sens se troubler ma cervelle;
Et ma foi ! d'un air triomphant,
En nourrice me transformant,
Je lui présentai la mamelle...
Mordu par lui cruellement,
Tout aussitôt je me réveille
Avec mon sexe de la veille ;—
Et la mère ainsi que son fruit
Dans le néant rentrent sans bruit.
Et je me retrouve, à vrai dire,
Un vieux garçon comme devant.
Mais je ne songeais guère à rire
Car je demeurais sous l'empire
De ce cauchemar de malheur.

— Même éveillé, j'avais beau faire,
Une heure encore après l'affaire,
L'accouché frémissait d'horreur.
Il avait le mal de la peur ;
(Pardieu ! ça se comprend de reste).
En outre de la peur du mal,
Partout ce rêve original,
Et qui peut paraître un peu leste,
Me poursuivait, je vous l'atteste...
— Étouffant dans ma triste peau,
En un mot suant sang et eau
Je croyais, douleur sans pareille,
Entendre encore à mon côté
La *Chifflard* au nez épaté

Me disant tout bas à l'oreille :
« Madame, il faut vous apprêter
« A me laisser instrumenter. »
Tandis que moi, pauvre victime,
Je ne cessais de m'agiter,
De crier et de protester...
N'était-ce pas bien légitime ?

Il eût fallu pour m'expliquer
Le traitement que la matrone,
Au fond assez bonne personne,
Cherchait de force à m'appliquer,
Me faire voir au préalable
Que sous mon air trop innocent,
J'étais une *mère coupable*
Dans un *état intéressant*.

MORALITÉ.

Dieu ! qu'une femme est malheureuse
D'avoir besoin d'un accoucheur !
Ce n'est pas un moindre malheur
D'avoir besoin d'une accoucheuse.
Pour moi, j'en jure sur l'honneur
D'accoucher je n'ai plus envie.
Je jure aussi sur mon rifflard
Qu'à moins d'un affreux cauchemar
Je n'appellerai de ma vie
Pour m'instrumenter la *Chifflard*.

ÉPILOGUE.

Depuis plus de vingt ans que ce rêve me pèse
Je n'y pense jamais sans un très-grand malaise.
Aux échos d'alentour je l'ai souvent conté,
Ces échos, paraît-il, l'ont aussi répété ;
Car, un certain monsieur m'a volé ce beau rêve
Pour en faire un récit qui pèche par la séve
Et l'inspiration. — On voit bien en cela
Que ce brave quidam n'a pas passé par là.
Cas de M. Guérin, c'est le titre du livre ;
Effronté plagiat! aux flammes je le livre,
De rire cependant ne pouvant m'empêcher.
Où diable un plagiat va-t-il donc se nicher?

FRÉDÉRIC JUDEX.

POST-SCRIPTUM.

Du nom de mon papa, si le public s'informe
(Car Frédéric Judex n'est là que pour la forme)
Sous un beau logogriphe on a su le cacher
Tient-on à le savoir? Qu'on aille l'y chercher.

PARIS. — IMP. V. GOUPY ET Cᵉ, RUE GARANCIÈRE, 5.

9 782014 070552